Analyse de l'œuvre

Par Elena Pinaud et Maud Couture

Rien ne s'oppose à la nuit

de Delphine de Vigan

lePetitLittéraire.fr

Rendez-vous sur lepetitlitteraire.fr et découvrez :

Plus de 1200 analyses
Claires et synthétiques
Téléchargeables en 30 secondes
À imprimer chez soi

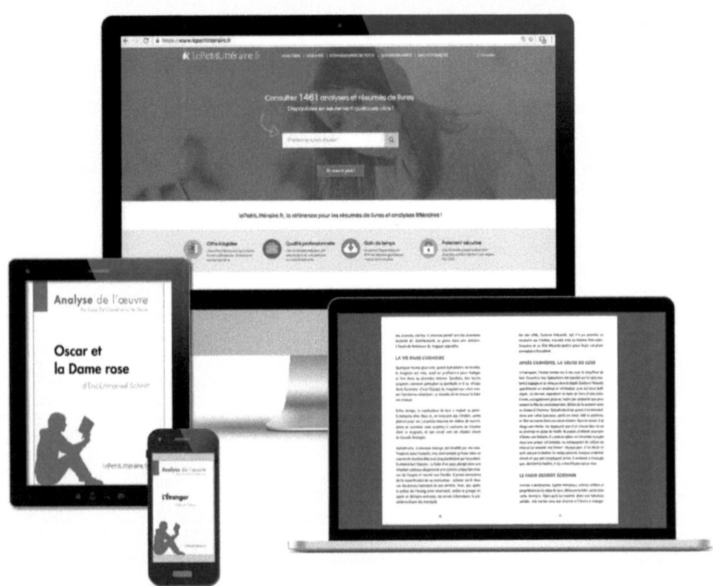

DELPHINE DE VIGAN

ROMANCIÈRE ET SCÉNARISTE FRANÇAISE

- **Née en 1966 à Boulogne-Billancourt (Île-de-France)**
- **Quelques-unes de ses œuvres :**
    - *No et moi* (2007), roman
    - *Les Heures souterraines* (2009), roman
    - *D'après une histoire vraie* (2015), roman

Delphine de Vigan a commencé à écrire alors qu'elle était salariée d'un institut de sondage depuis des années. Publiant son premier roman *Jours sans faim* (2001) sous le pseudonyme de Lou Delvig, elle signe de son vrai nom ses œuvres suivantes, qui remportent un franc succès. Depuis la parution retentissante de *No et moi* en 2007, elle vit de sa plume et se consacre entièrement à la littérature. Parallèlement à ses projets d'écriture personnels, elle participe à deux ouvrages collectifs en 2008 (*Sous le manteau* et *Mots pour maux*) et cosigne le scénario du film de Gilles Legrand (réalisateur, producteur et scénariste français, né en 1958) *Tu seras mon fils* (2011). Le succès de l'auteure se confirme avec *Rien ne s'oppose à la nuit* (2011), primé à de multiples reprises. Appréciée tant par le public que par la critique, Delphine de Vigan a su s'imposer sur la scène littéraire française par son style délicat, ses personnages attachants et leurs histoires empreintes de justesse.

RIEN NE S'OPPOSE À LA NUIT

UNE QUÊTE ROMANESQUE

- **Genre :** roman biographique
- **Édition de référence :** *Rien ne s'oppose à la nuit*, Paris, Jean-Claude Lattès, 2011, 437 p.
- **1re édition :** 2011
- **Thématiques :** famille, secrets, mort, univers intérieur, maladie, suicide

Rien ne s'oppose à la nuit, dont le titre est extrait de la chanson *Osez Joséphine* (1991) d'Alain Bashung (poète, musicien et comédien français, 1947-2009), est écrit sous l'emprise d'une tragédie familiale : le suicide de la mère de Delphine de Vigan. Pour essayer de comprendre cet acte désespéré, l'auteure, qui est également la narratrice, s'interroge sur son entourage familial et fouille dans son passé, parfois douloureux. Le récit se focalise sur quatre instances féminines : la grand-mère, la mère, la sœur et l'auteure elle-même. En résulte un roman psychologique en trois parties qui met en scène la famille, ses non-dits et ses troubles.

RÉSUMÉ

Alors que la narratrice tente d'écrire l'histoire de sa mère, elle se heurte aux difficultés de l'écriture et aux mystères qui entourent les intrigues de sa famille : l'histoire de sa mère Lucile, qui se lit de manière linéaire dans le roman, est entre-coupée de nombreuses réflexions et digressions sur d'autres personnages. Aussi est-il plus simple de proposer, pour ce résumé, une vue d'ensemble du roman par thématique.

L'ÉLÉMENT DÉCLENCHEUR

La narratrice, qui découvre le cadavre de sa mère Lucile quelques jours après son suicide, met du temps avant de poser des mots sur ce drame et de pouvoir l'accepter. Pour éviter de devoir dire la vérité à son fils sur les circonstances du décès de sa grand-mère, l'auteure lui annonce qu'elle s'est endormie. Or c'est ce dernier qui déclenche le proces-sus de recherche d'informations de Delphine de Vigan sur le passé de sa mère par cette simple question : « [...] elle s'est suicidée, en quelque sorte ? » (p. 16) L'auteure contacte alors ses oncles et ses tantes, interroge sa sœur, analyse les archives familiales et lit les carnets laissés par sa mère afin de comprendre les raisons de son acte.

UN LOURD PASSÉ FAMILIAL

Delphine de Vigan retrace tout d'abord l'histoire de sa grand-mère, Liane, et celle de son grand-père, Georges. Issue d'un milieu bourgeois du Sud de la France, Liane rompt des fiançailles arrangées et monte à Paris où elle rencontre et épouse rapidement Georges. Ensemble, ils ont 9 enfants : Liane est comblée par la maternité.

La famille s'installe dans la capitale et traverse des moments de crise financière. Toutefois, dès que Georges (qui avait travaillé dans le journalisme) réussit à créer une entreprise de publicité, la situation s'améliore et la famille déménage à Versailles. Ils héritent entretemps d'une maison de campagne, dans laquelle ils emménagent une fois Georges retraité. Atteint de démence, ce dernier finit sa vie dans un centre spécialisé quelques années plus tard, tandis que Liane meurt d'un cancer du pancréas.

Le couple a également dû faire face à plusieurs tragédies familiales, notamment la perte de trois de leurs enfants :

- Antonin, tombé dans un puits alors qu'ils étaient en vacances dans le Sud de la France ;
- Jean-Marc, un garçon maltraité qu'ils ont accueilli dans leur famille après le décès d'Antonin, retrouvé mort dans sa chambre alors qu'ils vivaient encore à Paris. Un doute subsiste quant à la nature accidentelle ou suicidaire de ce décès ;
- Milo, qui s'est suicidé alors qu'il n'avait qu'une vingtaine d'années.

Tom, le dernier enfant de la fratrie, est trisomique. Pourtant, grâce aux efforts de Georges, il apprend à lire, à écrire et à faire des calculs. Il est la fierté de son père.

Quant aux autres enfants, l'aîné Barthélémy, et ses sœurs, Lisbeth, Justine et Violette, c'est par leurs témoignages que le lecteur en apprend sur Lucile, la mère de l'auteure.

Grâce à leurs témoignages, le lecteur en apprend davantage sur la mère de l'auteure, Lucile.

UN PROFOND MALÊTRE

On découvre que Lucile a connu sa période de gloire pendant son enfance : sa beauté faisait d'elle une jeune fille sollicitée par des marques de vêtements pour faire de la publicité. Ses sœurs l'ont suivie dans cette voie pendant une certaine période, avec moins de succès. Lucile n'a jamais eu de bons résultats scolaires.

Adolescente, elle est l'une des seules à échapper à l'autorité de son père, qui maintient le reste de la famille dans l'ordre qu'il a imposé : elle essaie par exemple de faire le mur avec sa sœur ainée, Lisbeth, pour rejoindre une fête. Mais leur père les retrouve et les ramène à Versailles.

Lucile tombe enceinte de Delphine assez jeune et se marie avec Gabriel, le fils d'une collègue de son père qu'ils ont emmené en vacances avec eux un été. Ils ont une seconde fille, Manon, avant de divorcer après sept années de mariage.

Suite à cette séparation, Lucile connait une longue période trouble :

- elle s'installe avec ses filles et son compagnon Tibère à Yerres (Île-de-France) mais, malgré son travail, ne parvient pas à offrir une vie stable à ses enfants. Les psychotropes et l'alcool, ainsi que le désordre qui règne chez eux, amènent leurs voisins à les qualifier de drogués et de hippies ;

- après le départ de Tibère, Lucile rencontre le bel italien Nébo, qui sera l'amour de sa vie, mais qui l'abandonnera rapidement ;
- elle fait ensuite la connaissance de Niels, un jeune homme fragile et instable, ami de son frère Milo ;
- après le suicide de Niels, la jeune mère et ses filles s'installent près de Paris, à Bagneux. Mais Lucile se drogue, fait des crises nerveuses et s'occupe peu de ses deux filles adolescentes, à qui elle écrit un mot pour expliquer « son mal-être » (p. 235). Depuis longtemps déjà, Delphine a compris que sa mère n'était pas comme les autres mamans et en souffre, tout en étant témoin de la souffrance de sa propre mère. Dans sa lettre, celle-ci évoque le fait d'avoir été violée par son père durant son adolescence. Envoyée à toute la famille, cette révélation ne fait pourtant pas grand cas ;
- Lucile et ses filles déménagent finalement à Paris. Pourtant, cette mère devient de nouveau sujette aux crises nerveuses. Le 31 janvier 1980, un épisode de violence envers Manon, la cadette, est décisif : Lucile est hospitalisée et les filles partent chez leur père en Normandie ;
- après cet épisode, tout bascule. Lucile perd son emploi, est sans cesse sous traitement et semble perdue quand elle voit ses filles à Paris : « elle semblait frêle et fragile et brisée [...] Lucile est devenue une toute petite chose friable, recollée, rafistolée, irréparable en vérité. » (p. 289)

Ensuite, les choses s'améliorent pendant un certain temps.

Après avoir tenu une brocante durant plusieurs années, Lucile trouve un emploi de secrétaire tandis que Delphine vient s'installer avec elle à Paris pour faire ses études. Mais Lucile rechute : elle est de nouveau hospitalisée. Quand Delphine est à son tour hospitalisée pour cause d'anorexie, Lucile réagit mal, persuadée que sa fille ainée exagère. Ses crises violentes et sa bipolarité s'amplifiant, Lucile se voit licenciée.

Sa rencontre avec un nouveau médecin la sauve, car Lucile bénéficie enfin d'un traitement efficace et d'un suivi psychologique adapté. Elle entreprend même des études pour devenir assistante sociale et vit seule dans un appartement qu'elle loue, en réussissant à dépasser ses crises.

Et pourtant, Lucile rechute à nouveau et se suicide quelques semaines après l'enterrement de sa mère, Liane. Delphine ne parvient pas à s'expliquer cette fin silencieuse : serait-ce suite aux problèmes familiaux, à son cancer du poumon et à son éternelle bipolarité ? Ou est-ce sa petite retraite, qui l'aurait empêchée de vivre correctement sans recourir à l'aide d'autrui, qui doit être mise en cause ? Delphine, en quête de vérité, découvre chez sa mère une multitude de manuscrits qui témoignent de la volonté de cette dernière d'écrire et d'être publiée. Ainsi Delphine de Vigan conclut-elle : « Lucile est morte comme elle le souhaitait : vivante. » (p. 437)

ÉTUDE DES PERSONNAGES

LUCILE

Lucile, la mère de Delphine de Vigan, est le noyau de l'œuvre : elle est le personnage vers lequel convergent toutes les lignes du récit. Le lecteur ne la découvre pourtant qu'au travers des témoignages des autres personnages, brodés par la plume de l'auteure. Lucile ne se laisse appréhender qu'après son décès, grâce aux témoignages et à ses écrits : des souvenirs, des pensées sombres, des contes, des nouvelles, des poèmes, des fragments autobiographiques qu'elle aurait aimé réunir dans un volume intitulé *Recherches esthétiques*.

De son vivant, elle a toujours été taciturne :

> « Elle ne racontait pas. Aujourd'hui, je me dis que c'était sa manière d'échapper à la mythologie, de refuser sa part de fabulation et de reconstruction narrative qu'abritent toutes les familles [...]. Ce qui me manque au fond, c'est son point de vue à elle, les mots qu'elle eût choisis, l'ordre d'importance qu'elle eût attribué aux faits [...] » (p. 151)

Jolie jeune fille, Lucile évolue heureuse dans un univers excentrique, entourée par une myriade de frères et sœurs, une mère parfois irresponsable et un père parfois autoritaire. Mais bientôt, souffrant de bipolarité (qui est diagnostiquée assez tardivement) et marquée par des drames familiaux ou personnels (le décès de trois de ses frères, le fait d'avoir été abusée par son père – ce qui reste néanmoins une supposition, bien que des témoignages le confirment – ou d'avoir connu des histoires d'amour futiles), Lucile semble errer dans la vie sans que le lecteur puisse établir distinctement les liens de cause à effet qui ont mené le personnage à son destin malheureux. La narratrice elle-même le constate : « J'ignore comment ces choses (l'inceste, les enfants morts, le suicide, la folie) se transmettent. » (p. 283) Le parcours de Lucile est instable jusque vers la fin de sa vie, quand elle parvient (malgré son âge) à faire des études, trouver un emploi et aider des personnes défavorisées.

Insaisissable, Lucile exerce depuis toujours une attraction singulière sur les autres : « Cette manière qu'elle avait de s'isoler, de s'abstraire [...], d'utiliser le langage avec parcimonie [...] ce mélange de beauté et d'absence, cette façon qu'elle avait de soutenir le regard. » (p. 30) Mais ce silence et cet isolement dissimulent en réalité une peur profondément ancrée, sa compagne de toujours.

Lucile accumule les souffrances : pendant ses crises, elle pense être télépathe, s'invente des aventures avec des personnalités, écrit au lieu de parler, ignore ses filles, ou encore sombre dans le délire. Malgré toutes ces épreuves, elle parvient en fin de vie à se reprendre en main et, aussi fatale soit l'issue, décide de son destin.

Si quelques informations sur sa vie amoureuse sont délivrées, cela reste anecdotique : l'auteure ne souhaite en effet pas, par pudeur, s'attarder sur la vie d'amante de sa mère.

DELPHINE ET MANON

Delphine et Manon, les filles de Lucile, sont complémentaires et entretiennent de ce fait une certaine complicité :

tandis que l'une est cérébrale et réfléchie, l'autre est joyeuse et spontanée. Toutes deux se soutiennent et, face aux crises de leur mère, se révoltent ou compatissent face à ses tourments. En dépit des problèmes financiers ou familiaux, elles ont eu une enfance relativement équilibrée et ont profité de vacances en famille.

Delphine a vécu la séparation d'avec leur mère comme une déchirure décisive : après une crise particulièrement violente durant laquelle Lucile s'en est prise physiquement à Manon, les deux filles ont été confiées à leur père. Un épisode particulier rapproche toutefois la mère de sa fille ainée : anorexique, Delphine accompagne Lucile à un rendez-vous avec son psychiatre. Ce dernier demande à la fille, en larmes et affaiblie, de s'assoir sur les genoux de sa mère, ce qui leur fait comprendre qu'elles ont encore besoin l'une de l'autre.

Manon, de son côté, victime à plusieurs reprises des violences de sa mère, avoue avoir eu de très nombreuses nuits sans sommeil. Elle semble avoir hérité de la peur de Lucile, née de l'insécurité constante et parfois de la violence dans laquelle les a fait vivre leur mère.

LIANE

Maternelle par nature, Liane, la mère de Lucile, rêvait d'avoir 12 enfants. Si elle aime la maternité, on apprend par la suite qu'elle préfère les bébés aux enfants plus âgés, qu'elle délaisse progressivement. L'auteure la présente tout à la fois comme un personnage solaire et irresponsable. Alors même qu'elle est constamment en couches, elle semble parfois négliger son devoir de mère. Vouant un amour pathologique à son mari, Liane préfère garder le silence face aux accusations de viol à l'encontre de ce dernier. En dépit de cet aspect plus sombre de sa personnalité, elle sait entretenir des relations saines avec tous ses proches, par son don de raconter, sa fantaisie et son originalité. Elle est par exemple capable de faire le grand écart encore à 70 ans, ou respecte de très étranges rituels, comme lorsqu'il faut s'habiller après la douche : Delphine observe ainsi « sa friction au gant de crin, la crème Nivea dont elle s'enduisait le corps en couche épaisse, le premier soutien-gorge, le deuxième soutien-gorge, la première culotte, la deuxième culotte, la gaine, le body, la combinette, la combinaison qu'elle enfilait ensuite » (p. 306).

GEORGES

Issu d'une famille modeste, Georges, le père de Lucile, parvient à gravir les échelons et à conquérir son entourage grâce à son charisme et à ses beaux discours. Il vit le départ de ses enfants comme une trahison. De tous les témoignages, il résulte qu'il a autant adoré qu'anéanti ses enfants, par son autorité et sa propension à tout contrôler, auxquels s'ajoutent des aveux sur les relations douteuses qu'il entretenait avec ses filles et avec certaines de leurs amies.

LES FRÈRES ET SŒURS DE LUCILE

La fratrie de Lucile, vivant aux quatre coins de la France, a le mérite d'avoir accepté de témoigner sur la famille. C'est la voix off de ce roman. Si leurs versions des faits diffèrent parfois, cela contribue à mieux comprendre et à saisir la complexité des rapports familiaux.

CLÉS DE LECTURE

ROMAN OU AUTOBIOGRAPHIE ?

Ce livre étant qualifié de roman par l'auteure elle-même, la question de discerner la biographie et la fiction se pose. Delphine de Vigan avoue avoir été sous l'emprise de l'écriture, qui l'a fait osciller entre le souci de fidélité à la réalité et la fiction :

> « Je pensais que je n'aurais aucun mal à y introduire de la fiction [...]. Je croyais pouvoir inventer, donner [...] une direction, créer de la tension [...]. Au lieu de quoi je ne peux toucher à rien. » (p. 150-151)

> « Sans doute avais-je espéré que, de cette étrange matière, se dégagerait une vérité. Mais la vérité n'existe pas [...]. Quoi que j'écrive, je serai dans la fable. » (p. 47)

L'auteure reconnait ainsi que toute entreprise littéraire visant à rendre compte de la réalité de façon objective et méticuleuse n'est qu'une forme d'illusion. Elle assume dès lors la part de subjectivité inhérente à son récit et confie lors d'un entretien :

> « [J']ai sans doute espéré rendre compte de la vie de ma mère, au sens le plus subjectif et pictural du terme. C'est une interprétation, une reconstitution fabriquée à partir de mes propres motifs, à partir de la couleur de mes propres souvenirs, auxquels j'ai tenté d'ajouter d'autres motifs, d'autres couleurs qui venaient des autres, et de ma mère elle-même, notamment à travers ce qu'elle avait écrit. » (« Interview

Delphine de Vigan précise par ailleurs dès le début de son roman, au sujet d'un autre livre écrit à la suite de la mort de sa mère : « J'ai écrit chaque jour, et je suis seule à savoir combien ce livre qui n'a rien à voir avec ma mère est empreint pourtant de sa mort et de l'humeur dans laquelle elle m'a laissée. » (p. 15) Cela pourrait sonner comme une annonce, un avertissement au lecteur : l'écriture de ce roman, *Rien ne s'oppose à la nuit*, est peut-être lui aussi une reconstruction illusoire, mais qui utilise le matériel du réel pour produire sa fiction.

LE PROCESSUS D'ÉCRITURE

La démarche scripturale comme thérapie

Écrire sur la déchirure produite le 31 janvier 1980, quand Manon est victime de la violence de Lucile et quand les deux filles sont séparées de leur mère, est d'abord présenté comme une nécessité personnelle, une démarche thérapeutique . « J'avais besoin d'écrire et ne pouvais rien écrire d'autre » (p. 84), ou encore « J'écris à cause du 31 janvier 1980. L'origine de l'écriture se situe là [...] » (p. 280). Le roman est une recherche personnelle de la narratrice dans l'histoire de sa mère pour mieux comprendre des traumatismes liés à sa propre enfance. Fouiller dans le passé et révéler les non-dits permettent à l'auteure d'accepter et de dépasser la situation traumatique afin de ne pas répéter le parcours de sa mère :

« J'écris ce livre parce que j'ai la force aujourd'hui de m'ar-

Écrire est aussi une démarche pour comprendre les raisons
du suicide de Lucile et pénétrer dans son for intérieur. Étant
donné qu'il n'y avait pas de véritable dialogue entre la mère
et ses deux filles, il faut se plonger dans les carnets de Lucile
pour la cerner. Mais elle y reste insaisissable, comme de son
vivant, et des questions subsistent : « Je ne suis pas sûre que
l'écriture me permette d'aller au-delà du constat d'échec.
La difficulté que j'éprouve à raconter Lucile n'est pas si
éloignée du désarroi que nous éprouvions [...] lorsqu'elle
disparaissait. » (p. 351) Notons par ailleurs que la narratrice
appelle sa mère par son prénom. C'est sans doute un moyen
pour l'auteure de distancier cette mère qui fut malade, pour
l'appréhender véritablement comme un personnage. C'est
sans doute aussi parce qu'enfant déjà, la narratrice était
assez distante avec sa mère : « Manon était *sa fille*. [...] j'étais
du côté de mon père, du côté des bourgeois, des riches et
des réactionnaires, je ne comptais plus. » (p. 217)

L'entreprise scripturale permet néanmoins à l'auteure de
conférer à Lucile un destin de personnage, de transposer sa
vie en fiction : elle est la belle enfant, l'adolescente rebelle
ou abusée, la mère torturée et l'adulte battante.

Lucile, auteure par procuration

L'auteure s'interroge sur le besoin d'écrire de sa mère et sur
le fait qu'elle-même ait choisi d'écrire :

Écrire est peut-être un héritage inconscient de sa mère
et ce roman, dont Lucile est la figure centrale, lui permet
d'accomplir, par procuration, son souhait d'être publiée.

La difficulté d'écrire

Ce livre met en scène les méandres de l'activité d'écriture. La
difficulté de coucher sur papier les aventures d'une famille
connue si intimement, mais qui reste mystérieuse se perçoit
à chaque page, et s'expose même ostensiblement. L'écriture
se montre donc sans cesse en train de se faire en même
temps qu'elle explore les difficultés qu'elle a à s'accomplir.
Les chapitres de l'histoire de Lucile sont entrecoupés de
réflexions sur la démarche de l'auteur qui consiste à se
poser devant un ordinateur pour raconter. Ce roman est
donc aussi le récit d'un récit en train de se faire. Il semble,
dans la fiction du moins, qu'il n'y ait pas de plan préétabli à
l'avance, et que la rédaction se produise simultanément à la
lecture. L'entreprise est ardue et douloureuse, en témoigne
le commentaire de la narratrice au début du roman :

Delphine de Vigan signifie donc à plusieurs reprises combien
il est difficile de savoir pourquoi on écrit d'une part et,
d'autre part, de poser les mots justes dès lors qu'on sait
ce qu'on veut dire. Cette difficulté fait écho à l'une des
caractéristiques majeures du roman moderne, depuis *Don
Quichotte* (1605), qui est de vouloir raconter une histoire
tout en racontant comment se raconte cette histoire : le
discours du roman sur lui-même est toujours en même
temps son autocritique.

FICTION ET VÉRITÉ : COMBLER LES TROUS
ET ACCEPTER LES ZONES D'OMBRE

Cette réflexion sur la difficulté de l'écriture se déploie aussi
dans une interrogation sur la possibilité d'écrire la vérité
d'une histoire. Le roman entretient en effet un rapport étroit
entre l'Histoire de la seconde moitié du XXe siècle et l'histoire
intime d'une famille, centrée autour de la figure de Lucile.
En effet, de l'enfance de Lucile au moment de l'écriture du
roman, c'est plus de la moitié d'un siècle qui est passée en
revue. Or ces deux histoires, qui n'ont à priori rien à cacher
tant elles sont familières à la narratrice, ne sont en réalité
composées que de trous et de zones d'ombre qu'il incombe
à la fiction de combler. À ce titre, le récit non linéaire traduit
les tâtonnements et les errements de l'auteure :

de rendre compte à la fois de l'époque et du milieu social dans lequel ma mère avait grandi, tandis que les cassettes traînaient quelque part sous une étagère, empilées dans le vieux sac en plastique dans lequel je les avais rapportées. » (p. 107)

Ce passage est particulièrement intéressant dans la mesure où il rappelle le travail de Delphine de Vigan sur les « trous » de l'histoire, sur des passages obscurs dont il est impossible de retrouver les sources exactes. En effet, on découvre quelques pages plus tard que des cassettes enregistrées par Georges, qui souhaitait faire le récit de sa vie, ont disparu. Elles concernent les années de travail de Georges durant l'Occupation, lorsqu'il était journaliste au sein de *La Révolution nationale*, un journal en faveur du régime de Vichy. Impossible pour autant d'en conclure que Georges fut un sympathisant de Vichy. La narratrice met plutôt cet épisode sur le compte d'une jeunesse opportuniste et peu consciente de ses actes. Cette information manquante est soulignée comme pouvant participer du malêtre de Lucile :

« La position de Georges pendant la guerre pouvait-elle entrer en compte dans la souffrance de Lucile ? L'hypothèse m'est venue parce que les cassettes manquaient (Lucile a toujours eu un sens de la disparition symbolique ainsi que de la mise en scène de messages codés, plus ou moins compré- hensibles par autrui). » (p. 113)

Pourtant, la véritable zone d'ombre concerne la disparition de ces cassettes : ont-elles été perdues ou supprimées volontairement par Lucile ? Et dans ce cas, pour quelle(s) raison(s) ? Le roman ne cesse de multiplier ces petites énigmes : Jean-Marc s'est-il suicidé ? Georges a-t-il abusé de Lucile et d'autres jeunes filles ? À vrai dire, plus le roman progresse, plus il devient difficile de savoir où se situe la vérité. Il ne reste à la fin qu'une histoire racontée, et le soin est laissé au lecteur d'en conclure ce qu'il veut. Autrement dit, le roman joue à mettre en scène le travail herméneutique (c'est-à-dire d'interprétation) propre au genre romanesque. Tout comme la narratrice s'interroge sur le sens de l'histoire à donner à sa famille, le lecteur essaie de combler les trous du roman afin d'imaginer ce que fut cette histoire. C'est peut-être l'un des sens à donner au titre du roman, qui place le thème de l'obscurité en son centre : si « rien ne s'oppose à la nuit », c'est qu'on ne peut jamais totalement chercher à faire la lumière sur le passé. Même Lucile, dont le prénom rappelle la lumière (*lux, lucis* en latin), reste obscure. Alors que la narratrice, en rangeant les affaires de sa mère, retrouve une photographie sur laquelle Lucile porte un habit noir, elle note :

> « Lucile [...] semble regarder quelqu'un ou quelque chose, mais probablement ne regarde rien, son sourire est d'une obscure douceur. Le noir de Lucile est comme celui du peintre Pierre Soulages [né en 1919]. Le noir de Lucile est un Outrenoir, dont la réverbération, les reflets intenses, la lumière mystérieuse, désignent un ailleurs. » (p. 436-437)

Ces deux phrases sont essentielles : on y retrouve l'énigme insoluble du personnage, la nécessité de faire des hypothèses (« semble », « probablement ») et peut-être, malgré tout, un soulagement dans l'écriture. Ce roman est donc l'aveu qu'une zone d'ombre subsiste toujours et que seule l'interprétation des lecteurs compte.

HÉRITAGE DU ROMAN
ET ROMAN DE L'HÉRITAGE

À la fin du premier chapitre, la narratrice écrit : « Et puis, comme des dizaines d'auteurs avant moi, j'ai essayé d'écrire sur ma mère. » (p. 19) Finalement, *Rien ne s'oppose à la nuit* rappelle par bien des aspects toute une tradition romanesque de veine réaliste, qui cherche à traduire la vérité de la complexité du monde dans et par la littérature : le roman cherche dès lors à gommer l'artifice de la fiction et à faire illusion en proposant une peinture réaliste du monde. Ce roman de l'héritage familial, qui questionne la lignée d'une famille, ses désastres, ses réussites et ses blessures, se situe ainsi, par exemple, dans la descendance d'Émile Zola (écrivain et journaliste français, 1840-1902).

Ce dernier est en effet connu pour son cycle familial de vingt romans, *Les Rougon-Macquart* (entre 1871 et 1893) dans lequel il tente d'expliquer l'Histoire (celle du Second Empire, 1852-1870) à travers le destin d'une seule et même famille. Les déterminismes sociaux et génétiques expliquent les destins des personnages, soumis à ces deux forces supérieures contre lesquelles ils ne peuvent rien. Or n'y a-t-il pas quelque chose de cela dans *Rien ne s'oppose à la nuit* ? Ce roman cherche à retracer le destin d'une femme, Lucile, en rendant compte de son histoire personnelle, liée fatalement à ses proches, et en immergeant le lecteur dans l'univers de la fin du XXᵉ siècle, des années 1950 aux années 2000 : la grande Histoire s'immisce dans la petite histoire.

Relevons aussi des échos avec Marcel Proust (écrivain

français, 1871-1922) et son long roman *À la Recherche du temps perdu* (1913-1927), dans lequel se joue sans cesse une analyse de la part du narrateur par rapport aux évènements qui rythment sa vie et qui le plongent dans des introspections qui donnent lieu à de longs développements de la conscience. Toutefois, Delphine de Vigan s'éloigne de cet auteur en proposant non pas une introspection personnelle, mais une analyse à l'échelle familiale. Cette dernière permet finalement à la narratrice de s'interroger sur sa propre personne. Le roman se termine en effet logiquement, dans sa progression chronologique, sur les rapports entre Lucile et la narratrice mais aussi sur le rapport de la narratrice à ses propres enfants :

> « Lorsque ma puce est née et qu'on m'a tendu son petit corps pour que je le prenne contre moi, j'ai prononcé à voix haute ces mots qui m'ont horrifiée : "ma puce". "Ma puce", c'est ainsi que m'appelait Lucile, lorsque j'étais enfant, et bien plus tard encore, dans des moments de confidences ou d'apaisement. » (p. 368)

En outre, il ne faut pas oublier que c'est une question de son fils qui a déclenché l'écriture du roman : « Grand-mère… elle s'est suicidée, en quelque sorte ? » (p. 16). Delphine de Vigan instaure, dès le début du roman, un lien entre les trois générations :

> « Encore aujourd'hui quand j'y pense cette question me bouleverse, non pas son sens, mais sa forme, ce *en quelque sorte* de la bouche d'un enfant de neuf ans, une précaution à mon endroit, une manière de tâter le terrain, d'y aller sur la pointe des pieds. » (*ibid.*)

Ce « en quelque sorte », dans ce qu'il a de plus flou et de plus imprécis, déclenche le processus d'écriture. Il semble indiquer qu'il y a une véritable enquête à mener. En fin de compte, le roman pourrait aussi se lire comme un roman policier, dans lequel il est question non pas de comprendre qui a tué la victime, mais ce qui a tué la victime. Les premières pages du roman, décisives pour la posture que doit adopter le lecteur, sont en ce sens significatives. Quand Delphine de Vigan écrit : « compte tenu des circonstances, la mort de Lucile devait-elle être considérée comme un suicide ? » (*ibid.*), c'est là l'invitation au lecteur à accepter d'entrer dans un roman du questionnement et de l'enquête.

La question de l'héritage parait donc bien se situer au cœur de ce roman : qu'est-ce qui se transmet, de génération en génération ? Cette interrogation se déploie à l'échelle des personnages, entrelacés par une histoire dont les fils sont parfois difficiles à dénouer d'une part, et à l'échelle d'une réflexion sur le genre romanesque, qui ne cesse de se rapporter aux romans qui l'ont précédée tout en s'en éloignant pour continuer de sonder ce qui fonde les hommes d'autre part. Dans les deux cas, ce roman se présente comme une enquête, à la fois tournée vers le passé et le présent, qu'il s'agit de déchiffrer.

PISTES DE RÉFLEXION

QUELQUES QUESTIONS POUR APPROFONDIR SA RÉFLEXION…

- Commentez la métaphore du titre.
- Faites le portrait de Lucile telle qu'elle se laisse appréhender à travers les témoignages des autres personnages.
- Comment interprétez-vous la démarche de Delphine de Vigan d'écrire sur sa mère et sa famille ? En quoi l'écriture peut-elle être thérapeutique ?
- En quoi consiste réellement la quête de l'auteure ?
- Commentez l'épigraphe que Delphine de Vigan a choisie pour ouvrir son roman. Y a-t-il un lien avec la métaphore du titre et avec la quête menée par l'auteure ?
- *Rien ne s'oppose à la nuit* est à la fois un roman et un récit de vie à la première personne du singulier. Comment la fiction et l'autobiographie peuvent-elles se concilier ?
- Peut-on considérer que Georges et Lucile, qui entreprennent de faire le récit de leurs vies, sont aussi, à leur manière, les auteurs de ce roman ?
- Delphine de Vigan cite Gérard Garouste (peintre, graveur et sculpteur français, né en 1946) et son livre (écrit avec Judith Perrignon) *L'Intranquille* (2009), ainsi que Christine Angot (romancière et dramaturge française, née en 1959) et son roman *L'Inceste* (1999). La lecture de ces œuvres pourrait-elle approfondir davantage la lecture de Rien ne s'oppose à la nuit ?
- Imaginez la réaction de Lucile à la lecture de ce roman, elle qui, bien qu'impressionnée par la maitrise littéraire de sa fille, a eu la remarque suivante au sujet du roman

Jours sans faim : « C'est injuste. » (p. 381)

- Connaissez-vous d'autres auteurs qui se sont aventurés à écrire sur leur famille ?

POUR ALLER PLUS LOIN

ÉDITION DE RÉFÉRENCE

- De Vigan D., *Rien ne s'oppose à la nuit*, Paris, Jean-Claude Lattès, 2011, 437 p.

ÉTUDE DE RÉFÉRENCE

- « Interview de Delphine de Vigan pour *Rien ne s'oppose à la nuit* », in *Chroniques de la rentrée littéraire*, consulté le 15 mai 2017, www.chroniquesdelarentreelitteraire. com/2011/09/archives/entretiens-avec-les-auteurs/ interview-de-delphine-de-vigan-pour-rien-ne-soppose-a- la-nuit

SUR LEPETITLITTÉRAIRE.FR

- Fiche de lecture sur *D'après une histoire vraie* de Delphine de Vigan.
- Fiche de lecture sur *Les Heures souterraines* de Delphine de Vigan.
- Fiche de lecture sur *No et moi* de Delphine de Vigan.

Retrouvez notre offre complète sur lePetitLittéraire.fr

- des fiches de lectures
- des commentaires littéraires
- des questionnaires de lecture
- des résumés

ANOUILH
- Antigone

AUSTEN
- Orgueil et Préjugés

BALZAC
- Eugénie Grandet
- Le Père Goriot
- Illusions perdues

BARJAVEL
- La Nuit des temps

BEAUMARCHAIS
- Le Mariage de Figaro

BECKETT
- En attendant Godot

BRETON
- Nadja

CAMUS
- La Peste
- Les Justes
- L'Étranger

CARRÈRE
- Limonov

CÉLINE
- Voyage au bout de la nuit

CERVANTÈS
- Don Quichotte de la Manche

CHATEAUBRIAND
- Mémoires d'outre-tombe

CHODERLOS DE LACLOS
- Les Liaisons dangereuses

CHRÉTIEN DE TROYES
- Yvain ou le Chevalier au lion

CHRISTIE
- Dix Petits Nègres

CLAUDEL
- La Petite Fille de Monsieur Linh
- Le Rapport de Brodeck

COELHO
- L'Alchimiste

CONAN DOYLE
- Le Chien des Baskerville

DAI SIJIE
- Balzac et la Petite Tailleuse chinoise

DE GAULLE
- Mémoires de guerre III. Le Salut. 1944-1946

DE VIGAN
- No et moi

DICKER
- La Vérité sur l'affaire Harry Quebert

DIDEROT
- Supplément au Voyage de Bougainville

DUMAS
- Les Trois
  Mousquetaires

ÉNARD
- Parlez-leur
  de batailles,
  de rois et
  d'éléphants

FERRARI
- Le Sermon sur la
  chute de Rome

FLAUBERT
- Madame Bovary

FRANK
- Journal
  d'Anne Frank

FRED VARGAS
- Pars vite et
  reviens tard

GARY
- La Vie devant soi

GAUDÉ
- La Mort du
  roi Tsongor
- Le Soleil des
  Scorta

GAUTIER
- La Morte
  amoureuse
- Le Capitaine
  Fracasse

GAVALDA
- 35 kilos d'espoir

GIDE
- Les
  Faux-Monnayeurs

GIONO
- Le Grand
  Troupeau
- Le Hussard
  sur le toit

GIRAUDOUX
- La guerre de
  Troie
  n'aura pas lieu

GOLDING
- Sa Majesté des
  Mouches

GRIMBERT
- Un secret

HEMINGWAY
- Le Vieil Homme
  et la Mer

HESSEL
- Indignez-vous !

HOMÈRE
- L'Odyssée

HUGO
- Le Dernier Jour
  d'un condamné
- Les Misérables
- Notre-Dame
  de Paris

HUXLEY
- Le Meilleur
  des mondes

IONESCO
- Rhinocéros
- La Cantatrice
  chauve

JARY
- Ubu roi

JENNI
- L'Art français
  de la guerre

JOFFO
- Un sac de billes

KAFKA
- La Métamorphose

KEROUAC
- Sur la route

KESSEL
- Le Lion

LARSSON
- Millenium 1. Les
  hommes qui
  n'aimaient pas
  les femmes

LE CLÉZIO
- Mondo

LEVI
- Si c'est un
  homme

LEVY
- Et si c'était vrai…

MAALOUF
- Léon l'Africain

MALRAUX
- La Condition humaine

MARIVAUX
- La Double Inconstance
- Le Jeu de l'amour et du hasard

MARTINEZ
- Du domaine des murmures

MAUPASSANT
- Boule de suif
- Le Horla
- Une vie

MAURIAC
- Le Nœud de vipères

MAURIAC
- Le Sagouin

MÉRIMÉE
- Tamango
- Colomba

MERLE
- La mort est mon métier

MOLIÈRE
- Le Misanthrope
- L'Avare
- Le Bourgeois gentilhomme

MONTAIGNE
- Essais

MORPURGO
- Le Roi Arthur

MUSSET
- Lorenzaccio

MUSSO
- Que serais-je sans toi ?

NOTHOMB
- Stupeur et Tremblements

ORWELL
- La Ferme des animaux
- 1984

PAGNOL
- La Gloire de mon père

PANCOL
- Les Yeux jaunes des crocodiles

PASCAL
- Pensées

PENNAC
- Au bonheur des ogres

POE
- La Chute de la maison Usher

PROUST
- Du côté de chez Swann

QUENEAU
- Zazie dans le métro

QUIGNARD
- Tous les matins du monde

RABELAIS
- Gargantua

RACINE
- Andromaque
- Britannicus
- Phèdre

ROUSSEAU
- Confessions

ROSTAND
- Cyrano de Bergerac

ROWLING
- Harry Potter à l'école des sorciers

SAINT-EXUPÉRY
- Le Petit Prince
- Vol de nuit

SARTRE
- Huis clos
- La Nausée
- Les Mouches

SCHLINK
- Le Liseur

SCHMITT
- La Part de l'autre
- Oscar et la Dame rose

SEPULVEDA
- Le Vieux qui lisait des romans d'amour

SHAKESPEARE
- Roméo et Juliette

SIMENON
- Le Chien jaune

STEEMAN
- L'Assassin habite au 21

STEINBECK
- Des souris et des hommes

STENDHAL
- Le Rouge et le Noir

STEVENSON
- L'Île au trésor

SÜSKIND
- Le Parfum

TOLSTOÏ
- Anna Karénine

TOURNIER
- Vendredi ou la Vie sauvage

TOUSSAINT
- Fuir

UHLMAN
- L'Ami retrouvé

VERNE
- Le Tour du monde en 80 jours
- Vingt mille lieues sous les mers
- Voyage au centre de la terre

VIAN
- L'Écume des jours

VOLTAIRE
- Candide

WELLS
- La Guerre des mondes

YOURCENAR
- Mémoires d'Hadrien

ZOLA
- Au bonheur des dames
- L'Assommoir
- Germinal

ZWEIG
- Le Joueur d'échecs

L'éditeur veille à la fiabilité des informations publiées, lesquelles ne pourraient toutefois engager sa responsabilité.

www.lepetitlitteraire.fr

ISBN version numérique : 978-2-8062-9392-3
ISBN version papier : 978-2-8062-9393-0
Dépôt légal : D/2017/12603/77

Avec la collaboration de Maud Couture pour les chapitres « La difficulté d'écrire », « Fiction et vérité : combler les trous, accepter les zones d'ombre » et « Héritage du roman et roman de l'héritage ».

Conception numérique : Primento,
le partenaire numérique des éditeurs.

Ce titre a été réalisé avec le soutien de la Fédération Wallonie-Bruxelles, Service général des Lettres et du Livre.